视频书
vBook

政府工作报告

（2020）

视频图文版

人民出版社

　　2020 年 5 月 22 日，第十三届全国人民代表大会第三次会议在北京
人民大会堂开幕。国务院总理李克强作政府工作报告。

目　录
CONTENTS

附　录

政府工作报告

——2020 年 5 月 22 日在第十三届全国人民
代表大会第三次会议上

国务院总理 李 克 强

各位代表：

现在，我代表国务院，向大会报告政府工作，请予审议，并请全国政协委员提出意见。

这次新冠肺炎疫情，是新中国成立以来我国遭遇的传播速度最快、感染范围最广、防控难度最大的重大突发公共卫生事件。在以习近平同志为核心的党中央坚强领导下，经过全国上下和广大人民群众艰苦卓绝努力并付出牺牲，疫情防控取得重大战略成果。当前，疫情尚未结束，发展任务异常艰巨。要努力把疫情造成的损失降到最低，努力完成今年经济社会发展目标任务。

习近平等党和国家领导人出席开幕式

李克强离席作政府工作报告

1

一、2019 年和今年以来工作回顾

去年，我国发展面临诸多困难挑战。世界经济增长低迷，国际经贸摩擦加剧，国内经济下行压力加大。以习近平同志为核心的党中央团结带领全国各族人民攻坚克难，完成全年主要目标任务，为全面建成小康社会打下决定性基础。

——经济运行总体平稳。国内生产总值达到 99.1 万亿元，增长 6.1%。城镇新增就业 1352 万人，调查失业率在 5.3% 以下。居民消费价格上涨 2.9%。国际收支基本平衡。

——经济结构和区域布局继续优化。社会消费品零售总额超过 40 万亿元，消费持续发挥主要拉动作用。先进制造业、现代服务业较快增长。粮食产量 1.33 万亿斤。常住人口城镇化率首次超过 60%，重大区域战略深入实施。

——发展新动能不断增强。科技创新取得一批重大成果。新兴产业持续壮大，传统产业加快升级。大众创业万众创新深入开展，企业数量日均净增 1 万户以上。

——改革开放迈出重要步伐。供给侧结构性改革继

2019年工作回顾

经济运行总体平稳

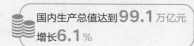 国内生产总值达到**99.1**万亿元 增长**6.1**%

 城镇新增就业**1352**万人 调查失业率在**5.3**%以下

居民消费价格 上涨**2.9**%

 国际收支 基本平衡

经济结构和区域布局继续优化

 社会消费品零售总额超过**40**万亿元 消费持续发挥主要拉动作用

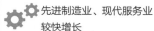 先进制造业、现代服务业 较快增长

 粮食产量 **1.33**万亿斤

 常住人口城镇化率首次超过**60**% 重大区域战略深入实施

发展新动能不断增强

 科技创新取得 一批重大成果

 新兴产业持续壮大 传统产业加快升级

 大众创业万众创新深入开展 企业数量日均净增**1**万户以上

改革开放迈出重要步伐

供给侧结构性改革继续深化，重要领域改革取得新突破

减税降费**2.36**万亿元，超过原定的近2万亿元规模，制造业和小微企业受益最多

政府机构改革任务完成

"放管服"改革纵深推进

设立科创板

共建"一带一路"取得新成效

出台外商投资法实施条例，增设上海自贸试验区新片区

外贸外资保持稳定

续深化，重要领域改革取得新突破。减税降费 2.36 万亿元，超过原定的近 2 万亿元规模，制造业和小微企业受益最多。政府机构改革任务完成。"放管服"改革纵深推进。设立科创板。共建"一带一路"取得新成效。出台外商投资法实施条例，增设上海自贸试验区新片区。外贸外资保持稳定。

[名词解释]

外商投资法

外商投资法全称为中华人民共和国外商投资法，是为进一步扩大对外开放、积极促进外商投资、保护外商投资合法权益、规范外商投资管理、推动形成全面开放新格局、促进社会主义市场经济健康发展而制定的法律。外商投资法共分 6 章，包括总则、投资促进、投资保护、投资管理、法律责任、附则，共 42 条。2019 年 3 月 15 日，十三届全国人大二次会议表决通过了《中华人民共和国外商投资法》，自 2020 年 1 月 1 日起施行。

——三大攻坚战取得关键进展。农村贫困人口减少 1109 万，贫困发生率降至 0.6%，脱贫攻坚取得决定性成就。污染防治持续推进，主要污染物排放量继续下降，生态环境总体改善。金融运行总体平稳。

——民生进一步改善。居民人均可支配收入超过 3 万元。基本养老、医疗、低保等保障水平提高。城镇保障房建设和农村危房改造深入推进。义务教育阶段学生生活补

三大攻坚战取得关键进展

农村贫困人口减少　　贫困发生率降至

1109万　　　　　　**0.6%**

脱贫攻坚取得决定性成就

污染防治持续推进
主要污染物排放量继续下降
生态环境总体改善

金融运行
总体平稳

民生进一步改善

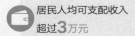
居民人均可支配收入
超过**3**万元

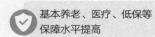
基本养老、医疗、低保等
保障水平提高

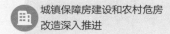
城镇保障房建设和农村危房
改造深入推进

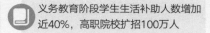
义务教育阶段学生生活补助人数增加
近40%，高职院校扩招100万人

隆重庆祝中华人民共和国成立70周年

加强党风廉政建设，扎实开展"不忘初心、牢记使命"
主题教育，严格落实中央八项规定精神，持续纠治"四风"，
为基层松绑减负

中国特色大国外交成果丰硕

助人数增加近 40%，高职院校扩招 100 万人。

我们隆重庆祝中华人民共和国成立 70 周年，极大激发全国各族人民的爱国热情，汇聚起夺取新时代中国特色社会主义伟大胜利的磅礴力量。

习近平：没有
任何力量能够
阻挡中国人民
和中华民族的
前进步伐

习近平出席"不忘初心、牢记使命"主题教育工作会议

我们加强党风廉政建设，扎实开展"不忘初心、牢记使命"主题教育，严格落实中央八项规定精神，持续纠治"四风"，为基层松绑减负。

中国特色大国外交成果丰硕。成功举办第二届"一带一路"国际合作高峰论坛等重大主场外交活动，习近平主席等党和国家领导人出访多国，出席二十国集团领导人峰会、金砖国家领导人会晤、亚信峰会、上海合作组织峰会、东亚合作领导人系列会议、中欧领导人会晤、中日韩领导人会晤等重大活动。积极参与全球治理体

[延伸阅读]

"不忘初心、牢记使命"主题教育

2017 年 10 月 18 日，习近平总书记在党的十九大报告中指出，以县处级以上领导干部为重点，在全党开展"不忘初心、牢记使命"主题教育，用党的创新理论武装头脑，推动全党更加自觉地为实现新时代党的历史使命不懈奋斗。从 2019 年 5 月底开始，"不忘初心、牢记使命"主题教育在全党自上而下分两批开展。此次主题教育的总要求是守初心、担使命，找差距、抓落实，具体目标是实现理论学习有收获、思想政治受洗礼、干事创业敢担当、为民服务解难题、清正廉洁作表率。2020 年 1 月 8 日，"不忘初心、牢记使命"主题教育总结大会举行。整个主题教育特点鲜明、扎实紧凑，达到了预期目的，取得了重大成果。2019 年 10 月召开的党的十九届四中全会提出，要建立不忘初心、牢记使命的制度。这是确保我们党在新时代新征程始终充满蓬勃生机和旺盛活力的战略之举、长远之举。

系建设和改革，推动构建人类命运共同体。经济外交、人文交流卓有成效。中国为促进世界和平与发展作出了重要贡献。

2019 年 中国外交不畏风雨、坚定前行

各位代表！

新冠肺炎疫情发生后，党中央将疫情防控作为头等大事来抓，习近平总书记亲自指挥、亲自部署，坚持把人民生命安全和身体健康放在第一位。在党中央领导下，中央应对疫情工作领导小组及时研究部署，中央指导组加强指导督导，国务院联防联控机制统筹协调，各地区各部门履职尽责，社会各方面全力支持，开展了疫情防控的人民战争、总体战、阻击战。广大医务人员英勇奋战，人民解放军指战员勇挑重担，科技工作者协同攻关，社区工作者、公安干警、基层干部、新闻工作者、志愿者坚守岗位，快递、环卫、抗疫物资生产运输人员不辞劳苦，亿万普通劳动者默默奉献，武汉人民、湖北人民坚韧不拔，社会各界和港澳台同胞、海外侨胞捐款捐物。中华儿女风雨同舟、守望相助，筑起了抗击疫情的巍峨长城。

在疫情防控中，我们按照坚定信心、同舟共济、科学防治、精准施策的总要求，抓紧抓实抓细各项工作。及时采取应急举措，对新冠肺炎实行甲类传染病管理，各地启动重大突发公共卫生事件一级响应。坚决打赢武汉和湖北

[延伸阅读]

甲类传染病

甲类传染病（Category A Infectious Disease）也称强制管理传染病，是《中华人民共和国传染病防治法》规定管理的三类传染病中的第一类。《中华人民共和国传染病防治法》规定管理的传染病分甲类、乙类、丙类三类，共 39 种。甲类传染病是指：鼠疫、霍乱。对此类传染病发生后报告疫情的时限，对病人、病原携带者的隔离、治疗方式以及对疫点、疫区的处理等，均强制执行。对乙类传染病中传染性非典型肺炎、炭疽中的肺炭疽和人感染高致病性禽流感，采取甲类传染病的预防、控制措施。

2020 年 1 月 20 日，国家卫生健康委员会发布 2020 年第 1 号公告：将新型冠状病毒感染的肺炎纳入《中华人民共和国传染病防治法》规定的乙类传染病，并采取甲类传染病的预防、控制措施。

公共卫生事件一级响应

根据突发公共卫生事件性质、危害程度、涉及范围，突发公共卫生事件划分为特别重大（Ⅰ级）、重大（Ⅱ级）、较大（Ⅲ级）和一般（Ⅳ级）四级。有下列情形之一的为特别重大突发公共卫生事件（Ⅰ级）：（1）肺鼠疫、肺炭疽在大、中城市发生并有扩散趋势，或肺鼠疫、肺炭疽疫情波及 2 个以上省份，并有进一步扩散趋势。（2）发生传染性非典型肺炎、人感染高致病性禽流感病例，并有扩散趋势。（3）涉及多个省份的群体性不明原因疾病，并有扩散趋势。（4）发生新传染病或中国尚未发现的传染病发生或传入，并有扩散趋势，或发现中国已消灭的传染病重新流行。（5）发生烈性病菌株、毒株、致病因子等丢失事件。（6）周边以及与中国通航的国家和地区发生特大传染病疫情，并出现输入性病例，严重危及中国公共卫生安全的事件。（7）国务院卫生行政部门认定的其他特别重大突发公共卫生事件。

发生特别重大突发公共卫生事件时，各省（自治区、直辖市）指挥部根据国务院的决策部署和统一指挥，组织协调本行政区域内应急处置工作。各省（自治区、直辖市）的重大突发公共卫生事件一级响应，依据《中华人民共和国突发事件应对法》《中华人民共和国传染病防治法》《国家突发公共卫生事件应急预案》《突发公共卫生事件应急条例》《突发公共卫生事件分级标准》的相关法律条款和规定，由省级人民政府宣布和实施。

保卫战并取得决定性成果，通过果断实施严格管控措施，举全国之力予以支援，调派 4 万多名医护人员驰援，建设火神山、雷神山医院和方舱医院，快速扩充收治床位，优先保障医用

物资，不断优化诊疗方案，坚持中西医结合，坚持"四集中"，全力救治患者，最大程度提高治愈率、降低病亡率。延长全国春节假期，推迟开学、灵活复工、错峰出行，坚持群防群控，坚持"四早"，坚决控制传染源，有效遏制疫情蔓延。加强药物、疫苗和检测试剂研发。迅速扩大医用物资生产，短时间内大幅增长，抓好生活必需品保供稳价，保障交通干线畅通和煤电油气供应。因应疫情变化，适时推进常态化防控。针对境外疫情蔓延情况，及时构建外防输入体系，加强对境外我国公民的关心关爱。积极开展国际合作，本着公开、透明、负责任态度，及时通报疫情信息，主动分享防疫技术和做法，相互帮助、共同抗疫。

[名词解释]

"四早"

　　"四早"，即早发现、早报告、早隔离、早治疗，是传染病防控的重要手段。为有效推动"四早"落实，助力新冠肺炎疫情歼灭战，依据有关法律法规和预案，结合新冠肺炎疫情特点和发展趋势，在总结前期新冠肺炎疫情防控工作经验教训基础上，制定了新冠肺炎"四早"技术方案。

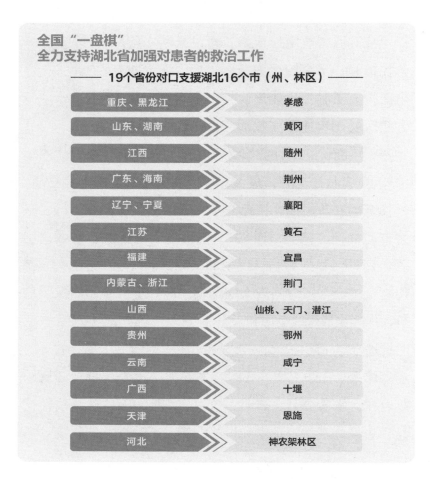

对我们这样一个拥有 14 亿人口的发展中国家来说，能在较短时间内有效控制疫情，保障了人民基本生活，十分不易、成之惟艰。我们也付出巨大代价，一季度经济出现负增长，生产生活秩序受到冲击，但生命至上，这是必须承受也是值得付出的代价。我们统筹推进疫情防控和经

济社会发展，不失时机推进复工复产，推出 8 个方面 90 项政策措施，实施援企稳岗，减免部分税费，免收所有收费公路通行费，降低用能成本，发放贴息贷款。按程序提前下达地方政府债务限额。不误农时抓春耕。不懈推进脱贫攻坚。发放抗疫一线和困难人员补助，将价格临时补贴标准提高 1 倍。这些政策使广大人民群众从中受益，及时有效促进了保供稳价和复工复产，我国经济表现出坚强韧性和巨大潜能。

各地各部门围绕推进复工复产和助企纾困精准有力及时推出8个方面90项政策措施

▶ 加大对小微企业和个体工商户的增值税减免

▶ 对受疫情影响较大的交通运输、餐饮、旅游等行业企业，亏损结转年限由 5 年延长至 8 年

▶ 减免各类企业缴纳的养老、失业、工伤三项社保费上半年达 6000 亿元，实施失业保险稳岗返还政策惠及 8400 多万职工

▶ 免收收费公路通行费 1400 多亿元，降低电价气价上半年为企业减负 670 亿元

▶ 实施降准释放 1.75 万亿元资金

▶ 通过专项再贷款再贴现、激励国有大型银行发放普惠小微贷款、增加政策性银行专项信贷额度等，为企业特别是中小微企业和个体工商户提供低成本贷款 2.85 万亿元

▶ 对 110 多万户中小微企业超过 1 万亿元贷款本息办理延期还本或付息

▶ 加大对春耕生产、畜牧业发展等支持力度

上述举措的积极成效正在显现，复工复产正逐步达到正常水平，企业困难得到一定缓解，经济社会运行逐步趋于正常。

资料来源：中国政府网。

[延伸阅读]

地方政府债券

地方政府债券指一个国家中有财政收入的地方政府地方公共机构发行的债券。按资金用途和偿还资金来源分类，通常可以分为一般债券（普通债券）和专项债券（收益债券）。前者是指地方政府为了缓解资金紧张或解决临时经费不足而发行的债券，后者是指为了筹集资金建设某专项具体工程而发行的债券。对于一般债券的偿还，地方政府通常以本地区的财政收入作为担保，而对于专项债券，地方政府往往以项目建成后取得的收入作为保证。

各位代表！

去年以来经济社会发展和今年疫情防控取得的成绩，是以习近平同志为核心的党中央坚强领导的结果，是习近平新时代中国特色社会主义思想科学指引的结果，是全党全军全国各族人民团结奋斗的结果。我代表国务院，向全国各族人民，向各民主党派、各人民团体和各界人士，表示诚挚感谢！向香港特别行政区同胞、澳门特别行政区同胞、台湾同胞和海外侨胞，表示诚挚感谢！向关心支持中国现代化建设和抗击疫情的各国政府、国际组织和各国朋友，表示诚挚感谢！

在肯定成绩的同时，我们也清醒看到面临的困难和问题。受全球疫情冲击，世界经济严重衰退，产业链供应链循环受阻，国际贸易投资萎缩，大宗商品市场动荡。国内消费、投资、出口下滑，就业压力显著加大，企业特别是

110天13次中央政治局常委会会议
聚焦疫情防控、复工复产、脱贫攻坚三大议题

1 | **1月25日** 专门听取新型冠状病毒感染的肺炎疫情防控工作汇报,对疫情防控特别是患者治疗工作进行再研究、再部署、再动员。

2 | **2月3日** 听取中央应对新型冠状病毒感染肺炎疫情工作领导小组和有关部门关于疫情防控工作情况的汇报,研究下一步疫情防控工作。

3 | **2月12日** 听取中央应对新型冠状病毒感染肺炎疫情工作领导小组汇报,分析当前新冠肺炎疫情形势,研究加强疫情防控工作。

4 | **2月19日** 听取疫情防控工作汇报,研究统筹做好疫情防控和经济社会发展工作,决定将有关意见提请中央政治局会议审议。

5 | **2月26日** 听取中央应对新型冠状病毒感染肺炎疫情工作领导小组汇报,分析当前疫情形势,研究部署近期防控重点工作。

6 | **3月4日** 研究当前新冠肺炎疫情防控和稳定经济社会运行重点工作。

7 | **3月18日** 分析国内外新冠肺炎疫情防控和经济形势,研究部署统筹抓好疫情防控和经济社会发展重点工作。

8 | **3月25日** 听取疫情防控工作和当前经济形势的汇报,研究当前疫情防控和经济工作,决定将有关意见提请中央政治局会议审议。

9 | **4月8日** 听取新冠肺炎疫情防控工作和全国复工复产情况调研汇报,分析国内外疫情防控和经济运行形势,研究部署落实常态化疫情防控举措、全面推进复工复产工作。

10 | **4月15日** 听取疫情防控工作和当前经济形势的汇报,研究当前疫情防控和经济工作,决定将有关意见提请中央政治局会议审议。

11 | **4月29日** 分析国内外新冠肺炎疫情防控形势,研究部署完善常态化疫情防控举措,研究确定支持湖北省经济社会发展一揽子政策。

12 | **5月6日** 听取疫情防控工作中央指导组工作汇报,研究完善常态化疫情防控体制机制。

13 | **5月14日** 分析国内外新冠肺炎疫情防控形势,研究部署抓好常态化疫情防控措施落地见效,研究提升产业链供应链稳定性和竞争力。

资料来源:人民网。

当前经济发展面临的困难和问题

受全球疫情冲击，世界经济严重衰退，产业链供应链循环受阻，国际贸易投资萎缩，大宗商品市场动荡。

国内消费、投资、出口下滑，就业压力显著加大，企业特别是民营企业、中小微企业困难凸显，金融等领域风险有所积聚，基层财政收支矛盾加剧。

民营企业、中小微企业困难凸显，金融等领域风险有所积聚，基层财政收支矛盾加剧。政府工作存在不足，形式主义、官僚主义仍较突出，少数干部不担当、不作为、不会为、乱作为。一些领域腐败问题多发。在疫情防控中，公共卫生应急管理等方面暴露出不少薄弱环节，群众还有一些意见和建议应予重视。我们一定要努力改进工作，切实履行职责，尽心竭力不辜负人民的期待。

二、今年发展主要目标和下一阶段工作总体部署

做好今年政府工作，要在以习近平同志为核心的党中央坚强领导下，以习近平新时代中国特色社会主义思想为指导，全面贯彻党的十九大和十九届二中、三中、四中全

会精神，坚决贯彻党的基本理论、基本路线、基本方略，增强"四个意识"、坚定"四个自信"、做到"两个维护"，紧扣全面建成小康社会目标任务，统筹推进疫情防控和经济社会发展工作，在疫情防控常态化前提下，坚持稳中

求进工作总基调，坚持新发展理念，坚持以供给侧结构性改革为主线，坚持以改革开放为动力推动高质量发展，坚决打好三大攻坚战，加大"六稳"工作力度，保居民就业、保基本民生、保市场主体、保粮食能源安全、保产业链供应链稳定、保基层运转，坚定实施扩大内需战略，维护经济发展和社会稳定大局，确保完成决战决胜脱贫攻坚目标任务，全面建成小康社会。

当前和今后一个时期，我国发展面临风险挑战前所未有，但我们有独特政治和制度优势、雄厚经济基础、巨大市场潜力，亿万人民勤劳智慧。只要直面挑战，坚定发展信心，增强发展动力，维护和用好我国发展重要战略机遇期，当前的难关一定能闯过，中国的发展必将充满希望。

综合研判形势，我们对疫情前考虑的预期目标作了适当调整。今年要优先稳就业保民生，坚决打赢脱贫攻坚战，努力实现全面建成小康社会目标任务；城镇新增就业900万人以上，城镇调查失业率6%左右，城镇登记失业

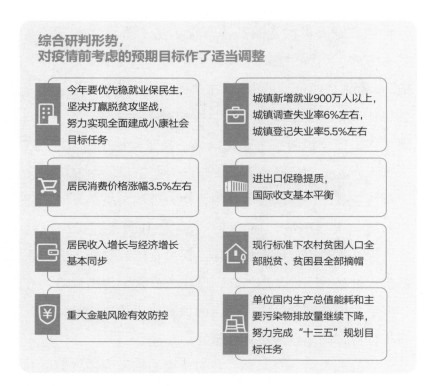

率5.5%左右；居民消费价格涨幅3.5%左右；进出口促稳提质，国际收支基本平衡；居民收入增长与经济增长基本同步；现行标准下农村贫困人口全部脱贫、贫困县全部摘帽；重大金融风险有效防控；单位国内生产总值能耗和主要污染物排放量继续下降，努力完成"十三五"规划目标任务。

需要说明的是，我们没有提出全年经济增速具体目标，主要因为全球疫情和经贸形势不确定性很大，我国发

[权威解读]

GDP增长目标已融入到其他相关指标中

何立峰（国家发展改革委主任）

不纠结于经济增速具体指标，将使我们更专注于坚定实施扩大内需战略，更专注于集中精力抓好"六稳""六保"，更专注于推进供给侧结构性改革、推动高质量发展，更专注于实现优先稳就业、保民生、坚决打赢脱贫攻坚战、努力实现全面建成小康社会目标任务。

（来源：全国两会"部长通道"答问）

展面临一些难以预料的影响因素。这样做，有利于引导各方面集中精力抓好"六稳"、"六保"。"六保"是今年"六稳"工作的着力点。守住"六保"底线，就能稳住经济基本盘；以保促稳、稳中求进，就能为全面建成小康社会夯实基础。要看到，无论是保住就业民生、实现脱贫目标，还是防范化解风险，都要有经济增长支撑，稳定经济运行事关全局。要用改革开放办法，稳就业、保民生、促消

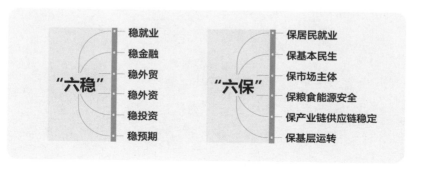

费，拉动市场、稳定增长，走出一条有效应对冲击、实现良性循环的新路子。

积极的财政政策要更加积极有为。今年赤字率拟按3.6% 以上安排，财政赤字规模比去年增加 1 万亿元，同时发行 1 万亿元抗疫特别国债。这是特殊时期的特殊举措。上述 2 万亿元全部转给地方，建立特殊转移支付机制，资金直达市县基层、直接惠企利民，主要用于保就业、保基本民生、保市场主体，包括支持减税降费、减租降息、扩大消费和投资等，强化公共财政属性，决不允许截留挪用。要大力优化财政支出结构，基本民生支出只增不减，重点领域支出要切实保障，一般性支出要坚决压减，严禁新建楼堂馆所，严禁铺张浪费。各级政府必须真正过紧日子，中央政府要带头，中央本级支出安排负增长，其中非急需非刚性支出压减 50% 以上。各类结

[延伸阅读]

抗疫特别国债

2020 年 4 月 17 日，中央政治局会议提出发行"抗疫特别国债"。抗疫特别国债是为应对新冠肺炎疫情影响，由中央财政统一发行的特殊国债，不计入财政赤字，纳入国债余额限额。此次"抗疫特别国债"将和一般国债、地方专项债、特别国债用途区分开来，主要与"抗疫"有关。

积极的财政政策要更加积极有为 ▶▶

今年赤字率拟按3.6%以上安排 **财政赤字规模比去年增加1万亿元**	同时发行 **1万亿元**抗疫特别国债

这是特殊时期的特殊举措

▼

上述2万亿元全部转给地方，建立特殊转移支付机制
—— **资金直达市县基层、直接惠企利民** ——

主要用于

(保就业)　(保基本民生)　(保市场主体)

包括支持减税降费、减租降息、扩大消费和投资等

强化公共财政属性，决不允许截留挪用

要大力优化财政支出结构 ——————

基本民生支出 **只增不减**	重点领域支出要 **切实保障**	一般性支出要 **坚决压减**

严禁新建楼堂馆所，严禁铺张浪费

各级政府必须真正过紧日子 ——————

中央政府要带头，中央本级支出安排负增长，
其中非急需非刚性支出压减50%以上

各类结余、沉淀资金要应收尽收、重新安排

要大力提质增效 ——————

各项支出务必精打细算，一定要把每一笔钱都用在刀刃上、紧要处，
一定要让市场主体和人民群众有真真切切的感受

余、沉淀资金要应收尽收、重新安排。要大力提质增效，各项支出务必精打细算，一定要把每一笔钱都用在刀刃上、紧要处，一定要让市场主体和人民群众有真真切切的感受。

稳健的货币政策要更加灵活适度。综合运用降准降息、再贷款等手段，引导广义货币供应量和社会融资规模增速明显高于去年。保持人民币汇率在合理均衡水平上基本稳定。创新直达实体经济的货币政策工具，务必推动企业便利获得贷款，推动利率持续下行。

就业优先政策要全面强化。财政、货币和投资等政策要聚力支持稳就业。努力稳定现有就业，积极增加新的就业，促进失业人员再就业。各地要清理取消对就业的不合理限制，促就业举措要应出尽出，拓岗位办法要能用尽用。

脱贫是全面建成小康社会必须完成的硬任务，要坚持现行脱贫标准，增加扶贫投入，强化扶贫举措落实，确保剩余贫困人口全部脱贫，健全和执行好返贫人口监测帮扶机制，巩固脱贫成果。要打好蓝天、碧水、净土保卫战，实现污染防治攻坚战阶段性目标。加强金融等领域重大风险防控，坚决守住不发生系统性风险底线。

习近平：坚决克服新冠肺炎疫情影响，坚决夺取脱贫攻坚战全面胜利

今年已过去近 5 个月，下一阶段要毫不放松常态化疫情防控，抓紧做好经济社会发展各项工作。出台的政策既保持力度又考虑可持续性，根据形势变化还可完善，我们有决心有能力完成全年目标任务。

稳健的货币政策要更加灵活适度

- 综合运用降准降息、再贷款等手段，引导广义货币供应量和社会融资规模增速明显高于去年

- 保持人民币汇率在合理均衡水平上基本稳定

- 创新直达实体经济的货币政策工具，务必推动企业便利获得贷款，推动利率持续下行

就业优先政策要全面强化

财政、货币和投资等政策要——聚力支持稳就业

| 努力稳定现有就业 | 积极增加新的就业 | 促进失业人员再就业 |

各地要清理取消对就业的不合理限制，促就业举措要应出尽出，拓岗位办法要能用尽用

脱贫是全面建成小康社会必须完成的硬任务

要坚持现行脱贫标准，增加扶贫投入，强化扶贫举措落实，确保剩余贫困人口全部脱贫
健全和执行好返贫人口监测帮扶机制，巩固脱贫成果

要打好蓝天、碧水、净土保卫战
实现污染防治攻坚战阶段性目标

加强金融等领域重大风险防控
坚决守住不发生系统性风险底线

三、加大宏观政策实施力度，
着力稳企业保就业

保障就业和民生，必须稳住上亿市场主体，尽力帮助企业特别是中小微企业、个体工商户渡过难关。

加大减税降费力度。强化阶段性政策，与制度性安排相结合，放水养鱼，助力市场主体纾困发展。继续执行去年出台的下调增值税税率和企业养老保险费率政策，新增减税降费约5000亿元。前期出台6月前到期的减税降费政策，包括免征中小微企业养老、失业和工伤保险单位缴费，减免小规模纳税人增值税，免征公共交通运输、餐饮住宿、旅游娱乐、文化体育等服务增值税，减免民航发展基金、港口建设费，执行期限全部延长到今年年底。小微企业、个体工商户所得税缴纳一律延缓到明年。预计全年为企业新增减负超过2.5万亿元。要坚决把减税降费政策落到企业，留得青山，赢得未来。

推动降低企业生产经营成本。降低工商业电价5%政策延长到今年年底。宽带和专线平均资费降低15%。减免国有房产租金，鼓励各类业主减免或缓收房租，并予政策支持。坚决整治涉企违规收费。

加大减税降费力度

继续执行去年出台的下调增值税
税率和企业养老保险费率政策
新增减税降费约 **5000亿元**

前期出台6月前到期的减税降费政策，包括

| 免征 | 中小微企业养老、失业和工伤保险单位缴费 | 减免 | 小规模纳税人增值税 |

| 免征 | 公共交通运输、餐饮住宿、旅游娱乐、文化体育等服务增值税 | 减免 | 民航发展基金、港口建设费 |

执行期限全部延长到今年年底

小微企业、个体工商户所得税缴纳一律延缓到明年

预计全年为企业新增减负超过 **2.5**万亿元。
要坚决把减税降费政策落到企业，留得青山，赢得未来。

强化对稳企业的金融支持。中小微企业贷款延期还本付息政策再延长至明年 3 月底，对普惠型小微企业贷款应延尽延，对其他困难企业贷款协商延期。完善考核激励机制，鼓励银行敢贷、愿贷、能贷，大幅增加小微企业信用贷、首贷、无还本续贷，利用金融科技和大数据

降低服务成本，提高服务精准性。大幅拓展政府性融资担保覆盖面并明显降低费率。大型商业银行普惠型小微企业贷款增速要高于40%。促进涉企信用信息共享。支持企业扩大债券融资。加强监管，防止资金"空转"套利，打击恶意逃废债。金融机构与贷款企业共生共荣，鼓励银行合理让利。为保市场主体，一定要让中小微企业贷款可获得性明显提高，一定要让综合融资成本明显下降。

千方百计稳定和扩大就业。加强对重点行业、重点群体就业支持。今年高校毕业生达874万人，要促进市场化社会化就业，高校和属地政府都要提供不断线的就业服务，扩大基层服务项目招聘。做好退役军人安置和就业保障。实行农民工在就业地平等享受就业服务政策。帮扶残疾人、零就业家庭等困难群体就业。我国包括零工在内的灵活就业人员数以亿计，今年对低收入人员实行社保费自愿缓缴政策，涉及就业的行政事业性收费全部取消，合理设定流动摊贩经营场所。资助以训稳岗拓岗，加强面向市场的技能培训，鼓励以工代训，共建共享生产性实训基地，今明两年职业技能培训3500万人次以上，高职院校扩招200万人，要使更多劳动者长技能、好就业。

四、依靠改革激发市场主体活力，增强发展新动能

困难挑战越大，越要深化改革，破除体制机制障碍，激发内生发展动力。

深化"放管服"改革。在常态化疫情防控下，要调整措施、简化手续，促进全面复工复产、复市复业。推动更多服务事项一网通办，做到企业开办全程网上办理。放宽小微企业、个体工商户登记经营场所限制，便利各类创业者注册经营、及时享受扶持政策。支持大中小企业融通发展。完善社会信用体系。以公正监管维护公平竞争，持续打造市场化、法治化、国际化营商环境。

韩正出席国务院推进政府职能转变和"放管服"改革协调小组全体会议

推进要素市场化配置改革。推动中小银行补充资本和完善治理，更好服务中小微企业。改革创业板并试点注册制，发展多层次资本市场。强化保险保障功能。赋予省级政府建设用地更大自主权。促进人才流动，培育技术和数据市场，激活各类要素潜能。

中共中央国务院发布《关于构建更加完善的要素市场化配置体制机制的意见》

[延伸阅读]

国企改革三年行动

国企改革三年行动，是指国企改革三年行动方案出台并实施。国企改革三年行动方案是在新一轮国资国企四项改革试点、十项改革试点和双百行动的基础上，国企全面深化改革、国企改革系列政策全面落地的重要改革举措，是检验新一轮国企改革系列政策成效和国企改革的试金石。国企改革三年行动方案主要考虑三方面重要问题：一是把党的十九大对国资国企改革的要求进一步具体化，落实到三年行动中。二是把近年来国企改革系列政策进一步落实落地，没有落实到位的，明确时间表、路线图，要在三年行动里加快落实落地。三是把从2015年开始，近几年在四项改革试点、十项改革试点、双百行动等改革试点示范工程中基层所创造的一些经验，推广到下一步的国企改革过程中。2020年是国企改革三年行动的第一年。

提升国资国企改革成效。实施国企改革三年行动。健全现代企业制度，完善国资监管体制，深化混合所有制改革。基本完成剥离办社会职能和解决历史遗留问题。国企要聚焦主责主业，健全市场化经营机制，提高核心竞争力。

优化民营经济发展环境。保障民营企业平等获取生产要素和政策支持，清理废除与企业性质挂钩的不合理规定。限期完成清偿政府机构、国有企业拖欠民营和中小企业款项的任务。构建亲清政商关系，促进非公有制经济健康发展。

推动制造业升级和新兴产业发展。支持制造业高质量发展。大幅增加制造业中长期贷款。发展工业互联网，推进智能制造，培育新兴产业集群。发展研发设计、现代物

[名词解释]

工业互联网

工业互联网（Industrial Internet）是全球工业系统与高级计算、分析、传感技术及互联网高度融合的结果，其本质和核心是通过互联网平台把设备、生产线、工厂、供应商、产品和客户紧密地连接融合起来。可以帮助制造业拉长产业链，形成跨设备、跨系统、跨厂区、跨地区的互联互通，从而提高效率，推动整个制造服务体系智能化。还有利于推动制造业融通发展，实现制造业和服务业之间的跨越发展，使工业经济各种要素资源能够高效共享。通过结合软件和大数据分析，重构全球工业、激发生产力，让世界更美好、更快速、更安全、更清洁且更经济。

国家顶级节点是整个工业互联网标识解析体系的核心环节，是支撑工业万物互联互通的神经枢纽。按照工信部统一规划和部署，我国工业互联网标识解析国家顶级节点落户在北京、上海、广州、武汉、重庆五大城市。

智能制造

智能制造（Intelligent Manufacturing）是现代产业体系的重要组成部分，是由智能机器和人类专家共同组成的人机一体化智能系统。它在制造过程中能进行智能活动，诸如分析、推理、判断、构思和决策等。通过人与智能机器的合作共事，去扩大、延伸和部分地取代人类专家在制造过程中的脑力劳动。它把制造自动化的概念更新，扩展到柔性化、智能化和高度集成化。包含智能制造技术和智能制造系统。智能制造系统不仅能够在实践中不断地充实知识库，而且具有自学习功能，还有搜集与理解环境信息和自身信息，并进行分析判断和规划自身行为的能力。智能制造具有自律能力、人机一体化、虚拟现实技术、自组织与超柔性四大特征。

流、检验检测认证等生产性服务业。电商网购、在线服务等新业态在抗疫中发挥了重要作用，要继续出台支持政策，全面推进"互联网+"，打造数字经济新优势。

[名词解释]

数字经济

数字经济 (Digital Economy) 是指利用互联网与云计算、大数据、人工智能、区块链技术等融合创新，提升经济效率、催化新技术和新业态的新型经济系统。它既包括以云计算、大数据、人工智能、区块链技术等新一代数字技术为基础的增量市场，也包括与传统产业转型升级相结合盘活的生产消费存量市场。是人类通过不断升级的网络基础设施与智能机等信息工具，互联网、云计算、区块链、物联网等信息技术，通过数字化知识与信息的识别、选择、过滤、存储、使用，使自身处理大数据的数量、质量和速度的能力不断增强，进而推动人类经济运行由工业经济向信息经济、知识经济、智慧经济转化，引导、实现资源快速优化配置与再生、实现经济高质量发展的经济形态。数字经济的出现，极大地降低社会交易成本，提高资源优化配置效率，提高产品、企业、产业附加值，推动社会生产力快速发展。

提高科技创新支撑能力。稳定支持基础研究和应用基础研究，引导企业增加研发投入，促进产学研融通创新。加快建设国家实验室，重组国家重点实验室体系，发展社会研发机构，加强关键核心技术攻关。发展民生科技。深化国际科技合作。加强知识产权保护。改革科技成果转化机制，畅通创新链，营造鼓励创新、宽容失败的科研环境。实行重点项目攻关"揭榜挂帅"，谁能干就让谁干。

创新信号　　　　　　　　　　　　徐骏／作　新华社发

　　深入推进大众创业万众创新。发展创业投资和股权投资，增加创业担保贷款。深化新一轮全面创新改革试验，新建一批双创示范基地，坚持包容审慎监管，发展平台经济、共享经济，更大激发社会创造力。

[名词解释]

平台经济

　　平台经济（Platform Economics）是利用互联网、物联网、大数据等现代信息技术，围绕集聚资源、便利交易、提升效率，构建平台产业生态，推动商品生产、流通及配套服务高效融合、创新发展的新型经济形态。是基于数字技术，由数据驱动、平台支撑、网络协同的经济活动单元所构成的新经济系统，是基于数字平台的各种经济关系的总称。如网购、团购、共享出行、民宿、外卖、点评等都是平台经济的典型表现形式。2019年8月，国务院办公厅印发《关于促进平台经济规范健康发展的指导意见》。

五、实施扩大内需战略，推动经济发展方式加快转变

我国内需潜力大，要深化供给侧结构性改革，突出民生导向，使提振消费与扩大投资有效结合、相互促进。

推动消费回升。通过稳就业促增收保民生，提高居民消费意愿和能力。支持餐饮、商场、文化、旅游、家政等生活服务业恢复发展，推动线上线下融合。促进汽车消费，大力解决停车难问题。发展养老、托幼服务。发展大健康产业。改造提升步行街。支持电商、快递进农村，拓展农村消费。要多措并举扩消费，适应群众多元化需求。

扩大有效投资。今年拟安排地方政府专项债券 3.75 万亿元，比去年增加 1.6 万亿元，提高专项债券可用作项目资本金的比例，中央预算内投资安排 6000 亿元。重点支持既促消费惠民生又调结构增后劲的"两新一重"建设，主要是：加强新型基础设施建设，发展新一代信息网络，拓展 5G 应用，建设数据中心，增加充电桩、换电站等设施，推广新能源汽车，激发新消费需求、助力产业升级。加强新型城镇化建设，大力提升县城公共设施和服务能力，以适应农民日益增加的到县城就业安家需求。新开

工改造城镇老旧小区 3.9 万个，支持管网改造、加装电梯等，发展居家养老、用餐、保洁等多样社区服务。加强交通、水利等重大工程建设。增加国家铁路建设资本金

"两新一重" 是什么

| 新型基础设施 | 新型城镇化 | 交通、水利等重大工程 |

为什么要重点支持

因为它们既促消费惠民生又调结构增后劲

主要建设什么

加强新型基础设施建设

| 发展新一代信息网络拓展5G应用，建设数据中心 | 增加充电桩、换电站等设施推广新能源汽车 | 激发新消费需求助力产业升级 |

加强新型城镇化建设

大力提升县城公共设施和服务能力，以适应农民日益增加的到县城就业安家需求

新开工改造城镇老旧小区**3.9万个**，支持管网改造、加装电梯等，发展居家养老、用餐、保洁等多样社区服务

加强交通、水利等重大工程建设

增加国家铁路建设资本金1000亿元

谁能参与

健全市场化投融资机制支持民营企业平等参与

项目怎么选

要优选项目，不留后遗症让投资持续发挥效益

资料来源：中国政府网。

[延伸阅读]

新型基础设施建设

新型基础设施建设，主要涉及5G、人工智能、工业互联网、物联网、数据中心、云计算、固定宽带、重大科技设施等领域，涉及诸多产业链，是以新发展理念为引领，以技术创新为驱动，以信息网络为基础，面向高质量发展需要，提供数字转型、智能升级、融合创新等服务的基础设施体系。新型基础设施主要包括三方面内容：一是信息基础设施，二是融合基础设施，三是创新基础设施。

与传统基础设施建设相比，新型基础设施建设在内涵上更加丰富，涵盖范围更广，更能体现数字经济特征，能够更好地推动中国经济转型升级。在运行上更加侧重于突出产业转型升级的新方向，体现出加快推进产业高端化发展的大趋势。伴随技术革命和产业变革，新型基础设施的内涵、外延还会更加丰富和完善。

1000亿元。健全市场化投融资机制，支持民营企业平等参与。要优选项目，不留后遗症，让投资持续发挥效益。

深入推进新型城镇化。发挥中心城市和城市群综合带动作用，培育产业、增加就业。坚持房子是用来住的、不是用来炒的定位，因城施策，促进房地产市场平稳健康发展。完善便民、无障碍设施，让城市更宜业宜居。

加快落实区域发展战略。继续推动西部大开发、东北全面振兴、中部地区崛起、东部率先发展。深入推进京津冀协同发展、粤港澳大湾区建设、长三角一体化发展。推进长江经济带共抓大保护。编制黄河流域生态保护和高质量发展规划纲要。推动成渝地区双城经济圈建

中共中央国务院印发《关于新时代推进西部大开发形成新格局的指导意见》

设。促进革命老区、民族地区、边疆地区、贫困地区加快发展。发展海洋经济。

> **[名词解释]**
>
> **海洋经济**
>
> 海洋经济是指开发海洋资源和依赖海洋空间而进行的生产活动，以及直接或间接开发海洋资源及空间的相关服务性产业活动。主要包括海洋渔业、海洋交通运输业、海洋船舶工业、海盐业、海洋油气业、滨海旅游业等。目前，世界范围内已发展成熟的海洋产业有：海洋渔业、海水养殖业、海水制盐及盐化工业、海洋石油工业、海洋娱乐和旅游业、海洋交通运输业和滨海砂矿开采业等。

实施好支持湖北发展一揽子政策，支持保就业、保民生、保运转，促进经济社会秩序全面恢复。

提高生态环境治理成效。突出依法、科学、精准治污。深化重点地区大气污染治理攻坚。加强污水、垃圾处置设施建设，推进生活垃圾分类。加快人口密集区危化品生产企业搬迁改造。壮大节能环保产业。严惩非法捕杀、交易、食用野生动物行为。实施重要生态系统保护和修复重大工程，促进生态文明建设。

十三届全国人大常委会表决通过关于全面禁止非法野生动物交易、革除滥食野生动物陋习、切实保障人民群众生命健康安全的决定

保障能源安全。推动煤炭清洁高效利用，发展可再生能源，完善石油、天然气、电力产供销体系，提升能源储备能力。

三方面举措帮扶湖北地区脱贫攻坚和困难群体

资金支持方面

- 中央财政专项扶贫资金向湖北进行了倾斜。

劳务协作方面

- 人社部、国务院扶贫办组织东部7个吸纳贫困人口就业比较多的省份，和湖北一起开展劳务协作。

消费扶持方面

- 3月疫情好转后，国务院扶贫办组织销售湖北的扶贫产品。据湖北省统计，小龙虾、茶叶、蘑菇等扶贫产品销售近30个亿。
- 中央和国家机关工委号召中央和国家机关各单位购买湖北积压的产品，动员99家单位购买了1.86亿元的产品。

资料来源：国新办确保如期完成脱贫攻坚目标任务新闻发布会。

六、确保实现脱贫攻坚目标，促进农业丰收农民增收

落实脱贫攻坚和乡村振兴举措，保障重要农产品供给，提高农民生活水平。

坚决打赢脱贫攻坚战。加大剩余贫困县和贫困村攻坚

力度，对外出务工劳动力，要在就业地稳岗就业。开展消费扶贫行动，支持扶贫产业恢复发展。加强易地扶贫搬迁后续扶持。深化东西部

整族脱贫的毛南族

扶贫协作和中央单位定点扶贫。强化对特殊贫困人口兜底保障。搞好脱贫攻坚普查。继续执行对摘帽县的主要扶持政策。接续推进脱贫与乡村振兴有效衔接，全力让脱贫群众迈向富裕。

着力抓好农业生产。稳定粮食播种面积和产量，提高复种指数，提高稻谷最低收购价，增加产粮大县奖励，大力防治重大病虫害。支

习近平：小木耳，大产业

持大豆等油料生产。惩处违法违规侵占耕地行为，新建高标准农田 8000 万亩。培育推广优良品种。完善农机补贴政策。深化农村改革。加强非洲猪瘟等疫病防控，恢复生猪生产，发展畜禽水产养殖。健全农产品流通体系。压实"米袋子"省长负责制和"菜篮子"市长负责制。14 亿中国人的饭碗，我们有能力也务必牢牢端在自己手中。

拓展农民就业增收渠道。支持农民就近就业创业，促进一二三产业融合发展，扩大以工代赈规模，让返乡农民工能打工、有收入。加强农民职业技能培训。依法根治拖欠农民工工资问题。扶持适度规模经营主体，加强农户社

会化服务。支持农产品深加工。完善乡村产业发展用地保障政策。增强集体经济实力。增加专项债券投入，支持现代农业设施、饮水安全工程和人居环境整治，持续改善农民生产生活条件。

进一步采取四方面措施打赢脱贫攻坚战

| 强化挂牌督战 | 强化就业扶贫 |
| 强化消费扶贫 | 强化检测帮扶 |

资料来源：国新办确保如期完成脱贫攻坚目标任务新闻发布会。

七、推进更高水平对外开放，稳住外贸外资基本盘

面对外部环境变化，要坚定不移扩大对外开放，稳定产业链供应链，以开放促改革促发展。

第二届进博会经贸合作成果丰硕

促进外贸基本稳定。围绕支持企业增订单稳岗位保就业，加大信贷投放，扩大出口信用保险覆盖面，降低进出口合规成本，支持出口产品转内销。加快跨境电商等新业态发展，提

升国际货运能力。推进新一轮服务贸易创新发展试点。筹办好第三届进博会，积极扩大进口，发展更高水平面向世界的大市场。

战"疫"中的
中欧班列

积极利用外资。大幅缩减外资准入负面清单，出台跨境服务贸易负面清单。深化经济特区改革开放。赋予自贸试验区更大改革开放自主权，在中西部地区增设自贸试验区、综合保税区，增加服务业扩大开放综合

18个自贸试验区构筑开放新版图

截至 2019 年 8 月 26 日我国共设立 5 批 18 个自贸试验区

———— 18 个自贸试验区形成"1+3+7+1+6"的新格局 ————

| 第一批
（1） | 第二批
（3） | 第三批
（7） | 第四批
（1） | 第五批
（6） |

2019 年设立
山东、江苏、广西、河北、云南、黑龙江
自贸试验区

2018 年设立
海南自贸试验区

2017 年设立
辽宁、浙江、河南、湖北、重庆、四川、陕西自贸试验区

2015 年设立
广东、天津、福建
自贸试验区

2013 年设立
上海自贸试验区

试点。加快海南自由贸易港建设。营造内外资企业一视同仁、公平竞争的市场环境。

高质量共建"一带一路"。坚持共商共建共享，遵循市场原则和国际通行规则，发挥企业主体作用，开展互惠互利合作。引导对外投资健康发展。

推动贸易和投资自由化便利化。坚定维护多边贸易体制，积极参与世贸组织改革。推动签署区域全面经济伙伴关系协定，推进中日韩等自贸谈判。共同落实中美第一阶段经贸协议。中国致力于加强与各国经贸合作，实现互利共赢。

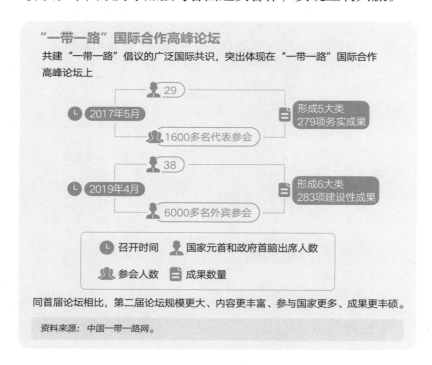

"一带一路"国际合作高峰论坛

共建"一带一路"倡议的广泛国际共识，突出体现在"一带一路"国际合作高峰论坛上

- 2017年5月　29（国家元首和政府首脑出席人数）　1600多名代表参会　形成5大类279项务实成果
- 2019年4月　38（国家元首和政府首脑出席人数）　6000多名外宾参会　形成6大类283项建设性成果

　召开时间　　国家元首和政府首脑出席人数

　参会人数　　成果数量

同首届论坛相比，第二届论坛规模更大、内容更丰富、参与国家更多、成果更丰硕。

资料来源：中国一带一路网。

八、围绕保障和改善民生，推动社会事业改革发展

面对困难，基本民生的底线要坚决兜牢，群众关切的事情要努力办好。

加强公共卫生体系建设。坚持生命至上，改革疾病预防控制体制，加强传染病防治能力建设，完善传染病直报和预警系统，坚持及时公开透明发布疫情信息。用好抗疫特别国债，加大疫苗、药物和快速检测技术研发投入，增加防疫救治医疗设施，增加移动实验室，强化应急物资保障，强化基层卫生防疫。加快公共卫生人才队伍建设。深入开展爱国卫生运动。普及卫生健康知识，倡导健康文明生活方式。要大幅提升防控能力，坚决防止疫情反弹，坚决守护人民健康。

习近平考察新冠肺炎防控科研攻关工作

栗战书出席强化公共卫生法治保障立法修法座谈会

提高基本医疗服务水平。居民医保人均财政补助标准增加 30 元，开展门诊费用跨省直接结算试点。对受疫情影响的医疗机构给予扶持。深化公立医院综合改革。发展"互联网＋医疗健康"。建设区域医疗中心。提高城乡社

减负助力　　　　　王琪／作　新华社发

区医疗服务能力。推进分级诊疗。促进中医药振兴发展，加强中西医结合。构建和谐医患关系。严格食品药品监管，确保安全。

推动教育公平发展和质量提升。坚持立德树人。有序组织中小学教育教学和中高考工作。加强乡镇寄宿制学校、乡村小规模学校和县城学校建设。完善随迁子女义务教育入学政策。办好特殊教育、继续教育，支持和规范民办教育。发展普惠性学前教育，帮助民办幼儿园纾困。推动高等教育内涵式发展，推进一流大学和一流学科建设，

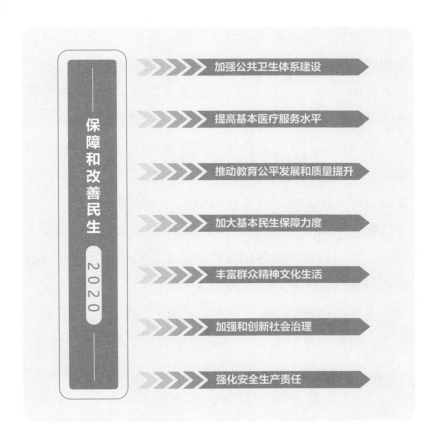

支持中西部高校发展。扩大高校面向农村和贫困地区招生规模。发展职业教育。加强教师队伍建设。推进教育信息化。要稳定教育投入，优化投入结构，缩小城乡、区域、校际差距，让教育资源惠及所有家庭和孩子，让他们有更光明未来。

加大基本民生保障力度。上调退休人员基本养老金，提高城乡居民基础养老金最低标准。实现企业职工基本养老保险基金省级统收统支，提高中央调剂比例。全国近3亿人领取养老金，必须确保按时足额发放。落实退役军人优抚政策。做好因公殉职人员抚恤。扩大失业保险保障范围，将参保不足1年的农民工等失业人员都纳入常住地保障。完善社会救助制度。扩大低保保障范围，对城乡困难家庭应保尽保，将符合条件的城镇失业和返乡人员及时纳入低保。对因灾因病因残遭遇暂时困难的人员，都要实施救助。要切实保障所有困难群众基本生活，保民生也必将助力更多失业人员再就业敢创业。

丰富群众精神文化生活。培育和践行社会主义核心价值观，发展哲学社会科学、新闻出版、广播影视等事业。

王沪宁看望文化教育界知名人士和科技专家

加强文物保护利用和非物质文化遗产传承。加强公共文化服务，筹办北京冬奥会、冬残奥会，倡导全民健身和全民阅读，使全社会充满活力、向上向善。

北京冬奥会、冬残奥会色彩系统和核心图形发布

加强和创新社会治理。健全社区管理和服务机制。加强乡村治理。支持社会组织、人道救助、志愿服务、慈善事业等健康发展。保障妇女、儿童、老人、残疾人合法权益。完善信访制度，加强法律援助，及时解决群众合理诉

[延伸阅读]

人口普查

人口普查是当今世界各国广泛采用的搜集人口资料的一种科学方法，是提供全国基本人口数据的主要来源。人口普查主要调查人口和住户的基本情况，内容包括：性别、年龄、民族、受教育程度、行业、职业、迁移流动、社会保障、婚姻生育、死亡、住房情况等。

中华人民共和国全国人口普查是由国家来制订统一的时间节点和统一的方法、项目、调查表，严格按照指令依法对全国现有人口普遍地、逐户逐人地进行一次全项调查登记，数据汇总分析报告，普查重点是了解各地人口发展变化、性别比例等，全国人口普查属于国情调查。

现代意义的人口普查，是从新中国成立后才开始的。从 1949 年至今，中国分别在 1953 年、1964 年、1982 年、1990 年、2000 年和 2010 年进行过六次全国性人口普查。2019 年 11 月，经李克强总理签批，国务院印发《关于开展第七次全国人口普查的通知》。根据《中华人民共和国统计法》和《全国人口普查条例》规定，国务院决定于 2020 年 11 月 1 日零时开展第七次全国人口普查。

求，妥善化解矛盾纠纷。开展第七次全国人口普查。加强国家安全能力建设。完善社会治安防控体系，依法打击各类犯罪，建设更高水平的平安中国。

强化安全生产责任。加强洪涝、火灾、地震等灾害防御，做好气象服务，提高应急管理、抢险救援和防灾减灾能力。实施安全生产专项整治。坚决遏制重特大事故发生。

[延伸阅读]

安全生产专项整治

2020 年 4 月，国务院安委会印发《全国安全生产专项整治三年行动计划》，在全国部署开展安全生产专项整治三年行动。专项整治三年行动从 2020 年 4 月启动至 2022 年 12 月结束，分为动员部署、排查整治、集中攻坚和巩固提升四个阶段。到 2022 年底，力争实现切实消除一批重大隐患、形成一批制度成果，建立健全公共安全隐患排查和安全预防控制体系，扎实推进安全生产治理体系和治理能力现代化，实现事故总量和较大事故持续下降，重特大事故有效遏制，全国安全生产整体水平明显提高，为全面维护好人民群众生命财产安全和经济高质量发展、社会和谐稳定提供有力的安全生产保障。

各位代表！

面对艰巨繁重任务，各级政府要自觉在思想上政治上行动上同以习近平同志为核心的党中央保持高度一致，践行以人民为中心的发展思想，落实全面从严治党要求，坚持依法行政，建设法治政府，坚持政务公开，提高治理能力。要依法接受同级人大及其常委会的监督，自觉接受人民政协的民主监督，主动接受社会和舆论监督。强化审计监督。发挥好工会、共青团、妇联等群团组织作用。政府工作人员要自觉接受法律、监察和人民监督。加强廉洁政府建设，坚决惩治腐败。

各级政府要始终坚持实事求是，牢牢把握社会主义初级阶段这个基本国情，遵循客观规律，一切从实际出发，立足办好自己的事。要大力纠治"四风"，力戒形式主义、官僚主义，把广大基层干部干事创业的手脚从形式主义的束缚中解脱出来，为担当者担当，让履职者尽责。要紧紧依靠人民群众，尊重基层首创精神，以更大力度推进改革开放，激发社会活力，凝聚亿万群众的智慧和力量，这是我们战胜一切困难挑战的底气。广大干部应临难不避、实干为要，凝心聚力抓发展、保民生。只要我们始终与人民群众同甘共苦、奋力前行，中国人民追求美好生活的愿望一定能实现。

赵乐际出席全国巡视工作会议暨十九届中央第五轮巡视动员部署会

今年要编制好"十四五"规划，为开启第二个百年奋斗目标新征程擘画蓝图。

[延伸阅读]

避免用形式主义解决形式主义

2020年4月，中共中央办公厅印发了《关于持续解决困扰基层的形式主义问题为决胜全面建成小康社会提供坚强作风保证的通知》。根据党中央决策部署，持续解决形式主义突出问题为基层减负工作的总要求是，以习近平新时代中国特色社会主义思想为指导，深入贯彻党的十九大和十九届二中、三中、四中全会精神，深化拓展基层减负工作，坚持标准不降、力度不减，紧盯老问题和新表现，全面检视、靶向治疗，加强源头治理和制度建设，进一步把广大基层干部干事创业的手脚从形式主义的束缚中解脱出来，为决胜全面建成小康社会、决战脱贫攻坚提供坚强作风保证。

各位代表！

汪洋：扎实做好民族宗教和脱贫工作，筑牢藏区长治久安的根基

我们要坚持和完善民族区域自治制度，支持少数民族和民族地区加快发展，铸牢中华民族共同体意识。全面贯彻党的宗教工作基本方针，发挥宗教界人士和信教群众在促进经济社会发展中的积极作用。海外侨胞是祖国的牵挂，是联通世界的重要桥梁，要发挥好侨胞侨眷的独特优势，不断增强中华儿女凝聚力，同心共创辉煌。

去年以来，国防和军队建设取得重要进展，人民军队在疫情防控中展示了听党指挥、闻令而动、勇挑重担的优良作风。要深入贯彻习近平强军思想，深入贯彻新时代军事战略方针，坚持政治建军、改革强军、科技强军、人才强军、依法治军。坚持党对人民军队的绝对领导，严格落实军委主席负责制。全力加强练兵备战，坚定维护

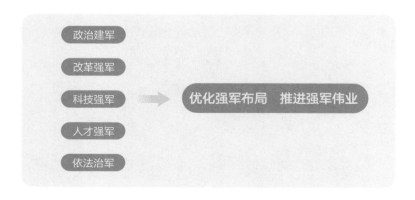

国家主权、安全、发展利益。打好军队建设发展"十三五"规划落实攻坚战，编制军队建设"十四五"规划。深化国防和军队改革，提高后勤和装备保障能力，推动国防科技创新发展。完善国防动员体系，始终让军政军民团结坚如磐石。

庆祝新中国成立70周年阅兵

习近平出席观看庆祝澳门回归祖国20周年文艺晚会

我们要全面准确贯彻"一国两制"、"港人治港"、"澳人治澳"、高度自治的方针，建立健全特别行政区维护国家安全的法律制度和执行机制，落实特区政府的宪制责任。支持港澳发展经济、改善民生，更好融入国家发展大局，保持香港、澳门长期繁荣稳定。

我们要坚持对台工作大政方针，坚持一个中国原则，在"九二共识"基础上推动两岸关系和平发展。坚决反对和遏制"台独"分裂行径。完善促进两岸交流合作、深化两岸融合发展、保障台湾同胞福祉的制度安排和政策措施，团结广大台湾同胞共同反对"台独"、促进统一，我们一定能开创民族复兴的美好未来。

应对公共卫生危机、经济严重衰退等全球性挑战，各国应携手共进。中国将同各国加强防疫合作，促进世界经济稳定，推进全球治理，维护以联合国为核心的国际体系和以国际法为基础的国际秩序，推动构建人类命运共同体。

[权威解读]

从这场疫情可以得到的最重要启示是什么？

王毅（国务委员兼外交部长）

这场疫情给我们带来的最大启示是：各国人民的生命健康从来没有像今天这样休戚与共、紧密相连；我们也从来没有像今天这样深刻意识到，各国生活在一个地球村，人类实际上是一个命运共同体。

病毒不分国界和种族，对全人类发起挑战。政治操弄只会给病毒以可乘之机，以邻为壑只能被病毒各个击破，无视科学只会让病毒乘虚而入。因此，习近平主席多次向全球呼吁，病毒是人类共同的敌人，只有团结起来，才能战而胜之。团结合作是战胜疫情最有力的武器。

疫情以生命作为代价告诫我们，各国应超越地域种族、历史文化乃至社会制度的不同，携起手来构建人类命运共同体，共同维护好我们人类唯一可以生存的这个星球。而其中一个重要目标，就是加快建设人类卫生健康共同体。中国作为世界上负责任的国家，愿意为此作出自己的贡献。

（来源:全国两会记者会答问）

中国坚定不移走和平发展道路，在扩大开放中深化与各国友好合作，中国始终是促进世界和平稳定与发展繁荣的重要力量。

各位代表！

中华民族向来不畏艰难险阻，当代中国人民有战胜任何挑战的坚定意志和能力。我们要更加紧密地团结在以习近平同志为核心的党中央周围，高举中国特色社会主义伟大旗帜，以习近平新时代中国特色社会主义思想为指导，迎难而上，锐意进取，统筹推进疫情防控和经济社会发展，努力完成全年目标任务，为把我国建设成为富强民主文明和谐美丽的社会主义现代化强国、实现中华民族伟大复兴的中国梦不懈奋斗！

2019 年
《政府工作报告》
量化指标任务
落实情况

一图读懂
2020 年
《政府工作报告》

李克强
政府工作报告
完整视频

李克强
答中外记者问
完整视频

附　录

《报告》框架

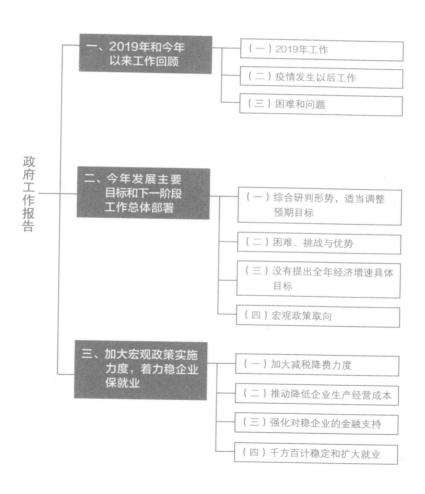

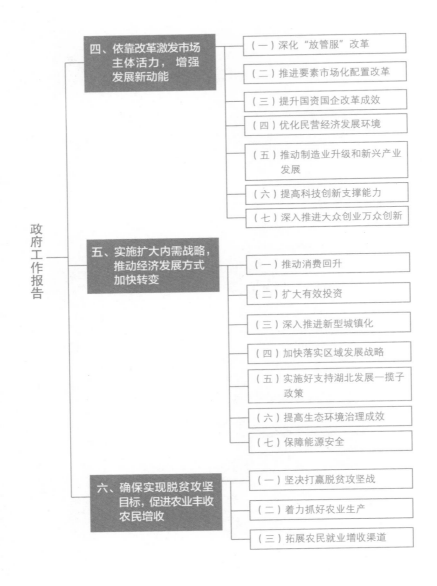

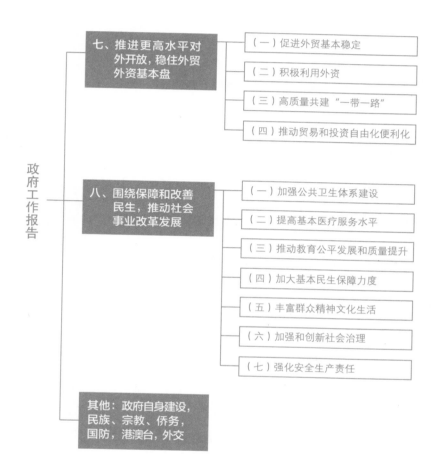

政府工作报告

七、推进更高水平对外开放，稳住外贸外资基本盘
- （一）促进外贸基本稳定
- （二）积极利用外资
- （三）高质量共建"一带一路"
- （四）推动贸易和投资自由化便利化

八、围绕保障和改善民生，推动社会事业改革发展
- （一）加强公共卫生体系建设
- （二）提高基本医疗服务水平
- （三）推动教育公平发展和质量提升
- （四）加大基本民生保障力度
- （五）丰富群众精神文化生活
- （六）加强和创新社会治理
- （七）强化安全生产责任

其他：政府自身建设，民族、宗教、侨务，国防，港澳台，外交

视频索引

后 记

2015 年我社首创推出中国出版界第一部视频书（vBook）《图解政府工作报告（2015）》（二维码版），采用媒体融合的方式传播、解读党和国家的大政方针，受到读者的普遍欢迎，取得较好效果。本书是这一形式的延续。

本书由我社邀请新华网等单位和相关专家共同编制。国务院有关部门领导高度重视、大力支持本书编制工作。全书由辛广伟同志总体统筹，田舒斌同志参与统筹，参加相关编辑工作的有陈光耀、马轶群、余平、陈登、刘彦青等同志，参与本书音视频剪辑的有池溢、王新明、刘敬文等同志，参与本书数据整理和设计制作的有张桢、姜子涵、庞亚如等同志；中共中央党校（国家行政学院）张春晓等同志也在内容上提供了帮助。本书视频由中央电视台、中国政府网、国务院客户端等媒体提供，在此一并表示感谢。

不妥之处，敬请读者批评指正。

人民出版社

2020 年 5 月

总　　监：蒋茂凝　策　　划：辛广伟
组　　稿：张振明　编辑统筹：陈光耀
特约编辑：张春晓　文字编辑：余　平
视频编辑：池　溢　王新明　刘敬文
封面设计：林芝玉　版式设计：庞亚如
责任校对：梁　悦

图书在版编目（CIP）数据

政府工作报告：视频图文版.2020.—北京：人民出版社，2020.5
ISBN 978 - 7 - 01 - 022148 - 9

I.①政…　II.　III.①政府工作报告 - 中国 -2020　IV.① D623

中国版本图书馆 CIP 数据核字（2020）第 086162 号

政府工作报告（2020）

ZHENGFU GONGZUO BAOGAO 2020

视频图文版

人民出版社 出版发行

（100706　北京市东城区隆福寺街 99 号）

北京尚唐印刷包装有限公司印刷　新华书店经销

2020 年 5 月第 1 版　2020 年 5 月北京第 1 次印刷

开本：710 毫米 ×1000 毫米 1/16　印张：4　插页：1

字数：36 千字

ISBN 978 - 7 - 01 - 022148 - 9　定价：19.00 元

邮购地址 100706　北京市东城区隆福寺街 99 号

人民东方图书销售中心　电话（010）65250042　65289539